Atí y su caja de besos

Ati y su caja de besos
ISBN 978-607-9344-99-3
1ª edición: julio de 2015

© 2015 *by* Elena Laguarda, María Fernanda Laguarda y Regina Novelo
© 2015 de las ilustraciones *by* Alejandra Kurtycz
© 2015 *by* Ediciones Urano, S.A.U.
Aribau, 142 pral. 08036 Barcelona

Ediciones Urano México, S.A. de C.V.
Av. Insurgentes Sur 1722 piso 3, Col. Florida,
México, D.F., 01030. México.
www.uranitolibros.com
uranitomexico@edicionesurano.com

Edición: Valeria Le Duc
Diseño Gráfico: Laura Novelo

Atí y su caja
de besos

Elena Laguarda • María Fernanda Laguarda • Regina Novelo
Ilustraciones: **Alejandra Kurtycz**

uranito

URANITO EDITORES
ARGENTINA - CHILE - COLOMBIA - ESPAÑA
ESTADOS UNIDOS - MÉXICO - PERÚ -URUGUAY - VENEZUELA

Cerca de los límites del
mundo, más allá de las
nubes, en un mundo
de brillantes colores,
Ati, el pequeño dragón,
despertó muy contento.

Era un día especial: el cumpleaños de su abuela. Toda la semana trabajó para hacerle un hermoso collar de piedra rojo.

Acostado aún, se imaginó la fiesta, llena de globos y serpentinas de colores, su abuela en el centro encendiendo las velas del pastel, y él, un dragón orgulloso, entregándole su regalo.

Imaginaba la cara de sorpresa y emoción de su abuela mientras se ponía el hermoso collar y lo abrazaba contenta. Un rayo de sol que entró por la ventana lo despertó de su ensueño.

Aún no había resuelto cómo envolver el regalo. Se levantó de la cama y comenzó a buscar por la casa el envoltorio perfecto. Buscó en su cuarto, también en el mueble del baño, abrió cada uno de los cajones de la cómoda de sus padres y probó con varias cajas que encontró. Algunas eran muy grandes, otras pequeñas, pero ninguna le hacía juego al collar.

11

Frustrado, fue en busca de su mamá. La vio muy ocupada en la cocina.

—Necesito envolver el regalo para la abuela —le dijo.

Ella lo miró orgullosa de lo mucho que trabajó en el regalo.

—Ya veo —respondió, mientras sacaba un gran pastel.

—Tengo una idea. Si tú hiciste el collar, ¿por qué no haces también la caja para envolverlo? —le propuso.

Ati lo pensó un momento, le parecía buena idea; sólo que no sabía cómo hacerla.

—Puedo ayudarte; la recortamos y tú la decoras
como desees.

La idea le pareció genial a Ati. Su madre dibujó
una líneas en un pergamino que recortó con mucho
cuidado.

El pequeño le ayudó a pegarla
y la decoró con diferentes colores,
mientras ella terminaba el pastel.
Orgulloso, le enseñó su obra de arte.
—Quedó hermosa, ahora mete el collar en la cajita.
Ati así lo hizo. ¡Su regalo quedó listo!

De pronto sonó la campaña. Ya estaba ahí. Ati se escondió
esperando el momento para gritar: ¡Sorpresa! y correr a los
brazos de su abuela. Su madre abrió la puerta y el sorprendido
fue él: frente a sus ojos estaba... ¡todo un batallón de tías!

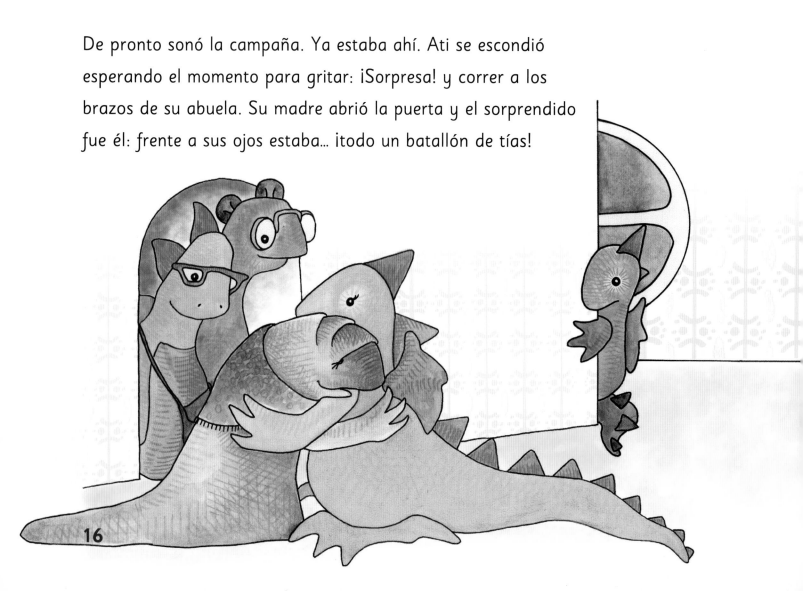

Ahí estaba la tía Quety, que era la más viejita de todas. Tenía tantas arrugas que apenas se le veían sus ojitos. Siempre le pedía un beso, le decía, "¿qué no me quieres?, si tú eres mi sobrino favorito". Ati se sentía obligado a dárselo, no quería romper su corazón.

La tía Mary era muy olvidadiza, siempre le preguntaba: "¿cómo te llamas pequeño?", y al ratito de haberle respondido se lo volvía a preguntar. Ati contó hasta diez el número de veces que le dijo su nombre la última vez que la vio.

También estaba la tía Clemen, quien siempre llevaba los dulces que a Ati le encantaban. Como no escuchaba bien, había que gritarle al oído. Clemen a veces gritaba tan fuerte que hacía que Ati pegara un brinco del susto.

—Dame un beso y te doy un dulce —le decía—. Ati se lo daba, pues no quería perderse su golosina favorita.

Detrás de todas ellas estaba su adorada abuela Tunga. Ati corrió a sus brazos, pero paró en seco su carrera. Con pánico vio lo que venía volando detrás de ella: escamas verdes y resbalosas, larga cual dragón serpiente, con una verruga en el cachete, ojos saltones, colmillos calientes y despidiendo un fuerte olor a humo. ¡La temida y gruñona tía Coco! Su peor pesadilla se había hecho realidad.

Debía de huir, antes de que fuera tarde. Corrió a toda velocidad metiéndose en su cuarto. Escuchaba la voz de su madre que saludaba a las tías y les pedía que pasaran a la sala. De pronto, oyó pasos en el pasillo, iban rumbo a él. Se escondió dentro de su cama. Se abrió la puerta y escuchó expectante.

23

—¿Qué pasó pequeño? Me quedé esperando tu abrazo.

Era su abuela.

Ati se lanzó a sus brazos y se refugió en ellos.

—Perdóname abuela, pero tenía que salir de ahí.

—¿Por qué, cuál es el problema? —le preguntó la abuela Tunga.

—No quiero saludar a tía Coco, siempre quiere que le de un beso. Huele a humo, sus colmillos queman y cuando se enrosca en mi, me apachurra tanto que no puedo respirar.

—Ese es un gran problema, pues todos los dragones educados deben saludar —le dijo pensativa su abuela.

—Oh no abuela. ¿Tendré que
aguantar sin respirar el abrazo de la
tía Coco? —la cuestionó el pequeño.
—No he dicho tal cosa, es cierto que
debes saludar, pero puedes decidir
cómo hacerlo. No tienes que soportar
ningún beso o caricia
que te incomode.
Ati suspiró aliviado.
Su abuela le preguntó:
—¿Cómo te gustaría
saludarla?
El pequeño dragón
reflexionó...

—Tal vez sólo diciendo hola
con la mano, pero no creo
que se conforme con eso.
Seguro que me va a pedir
que le dé un beso y si no
lo hago, se enojará conmigo
—respondió Ati.

—Creo que tienes razón, a la tía Coco le cuesta trabajo respetar el que los
pequeños la saluden como ellos quieren.

—¿Por qué me pide que la salude a fuerza como ella quiere? —Ati preguntó
indignado.

—Porque así nos educaron a ella y a mí —contestó
su abuela—. Antes, se creía que los pequeños no
podíamos decidir sobre cómo y hasta dónde acercarnos
a los demás. La tía Coco y yo teníamos que saludar a
fuerza a todos nuestros tíos. Incluyendo a Draco.

—¿El dragón del lago? —preguntó Ati sorprendido.

—A él mismo y no era agradable, pues siempre estaba
mojado y olía a trucha; nos decía que si no lo hacíamos
nos llevaría al oscuro fondo del lago.

—Que horror abuela, y te tenías que aguantar...

—No siempre, porque tuve una idea en ese entonces
que tal vez pueda funcionar ahora.

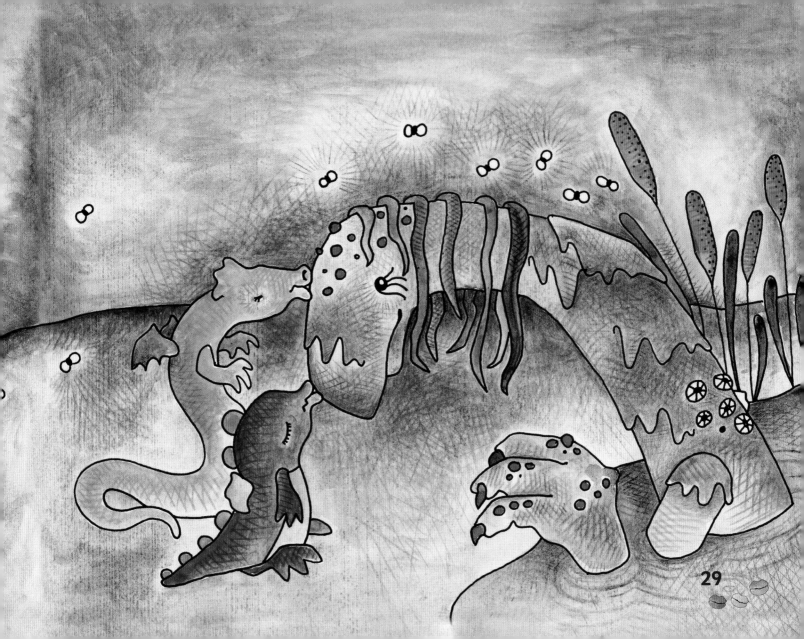

29

La abuela miraba pensativa. Sus ojos buscaban algo
en la habitación.

—¿Tienes pergamino y tintas de colores? —le preguntó.

—Sí —le dijo el pequeño sin querer interrumpir sus ideas.

—Correcto, sólo nos falta entonces un detalle...
De pronto, su mirada se fijó en la caja del regalo
que Ati había hecho para ella.

—Esa caja es perfecta.
Ati siguió su mirada.

—Ese es tu regalo abuela... por tu cumpleaños.

Ati tomó la caja y se la dio. Ella la abrió con emoción y descubrió el collar de piedra.

—Es hermoso —dijo mientras se lo ponía—. Lágrimas de emoción asomaron en sus ojos. Lo abrazó con ternura.

—Y la caja nos puede servir para resolver esta situación —agregó.

31

La abuela tomó un carbón y comenzó a dibujar.

—Ahora ilumínalos, Ati —dijo emocionada.

El pequeño dragón se quedó mirando el pergamino.

—Puedes ponerles los colores que quieras para que

sean de limón, naranja o chocolate, e incluso uva o fresa.

Era una excelente idea —pensó el pequeño—. ¡Hacer besos

de papel!

Rápidamente los terminaron y los metieron en la caja.

Ati esperaba que esto funcionara. Su abuela lo tomó de la mano, y

se dirigieron a la sala para intentar ponerlo en práctica.

Las tías guardaron silencio al
verlos entrar.

—Ati, ¿cómo estás? —gruñó tía
Coco. —¡Ven a saludarme!
Ati dudó, se aferró a la mano
de su abuela y dijo con voz
temblorosa: —Hola tía Coco,
¿cómo estás?

—Ven a darme mi beso —insistió la dragón serpiente.

—Ati ya te ha saludado, no tiene por qué darte un beso —intervino su mamá.

—¡Cómo que no me va a dar un beso! Es un mal educado —gruñó la tía Coco.

La abuela abrazó al pequeño dragón.

—Ya has saludado y has sido educado —le dijo—,
y mirando a la tía Coco, agregó:

—A ti puede decir no a un beso o abrazo,
si se siente incómodo.

—Pero sólo quiero un beso y un abrazo
—reclamó la tía—. Ven acá y dame
mi beso —insistió Coco.

37

Ati miró a su abuela, quien lo alentó a acercarse a la tía con un pequeño empujón.

Ati se acercó cauteloso y le preguntó de frente:

—¿De qué sabor lo quieres? Su tía lo miró perpleja, mientras Ati sacaba un gran beso de fresa.

Todas las tías se rieron divertidas.

—¡Pero mira, qué simpático dragón! —exclamó la tía Coco mientras tomaba feliz su beso. Todas quisieron un beso de distinto sabor, después de todo, Ati disfrutó la tarde con sus tías.

Ati corrió hacia su abuela quien lo abrazó con ternura. —Gracias —le dijo—. Me encantó que me enseñaras que puedo decidir cómo saludar.

—Sí —respondió la abuela—. No debes dar un beso porque te hagan sentir culpable ni porque te ofrezcan algo a cambio y, mucho menos, porque te regañen o amenacen por no hacerlo. Tú tienes el poder y los adultos lo debemos respetar.

Ati le dio un gran beso en el cachete.

Le encantaba estar en brazos de su abuela.

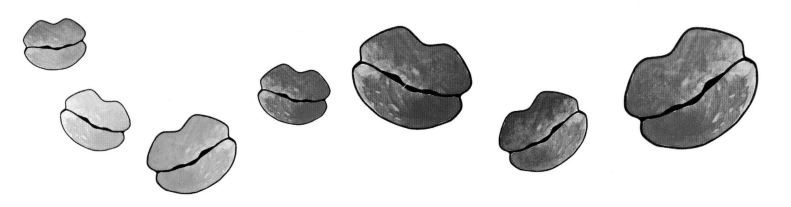

Recuerda, puedes saludar de la manera que te haga sentir más cómodo.

En la siguiente página hay una caja para que la recortes y la pintes como más te guste, así podrás tener también una **caja de besos** para saludar. Y en la página 43 hay besos de colores, recórtalos y guárdalos en tu caja.

✂ Primero, recorta la página y después los besos de sabores.

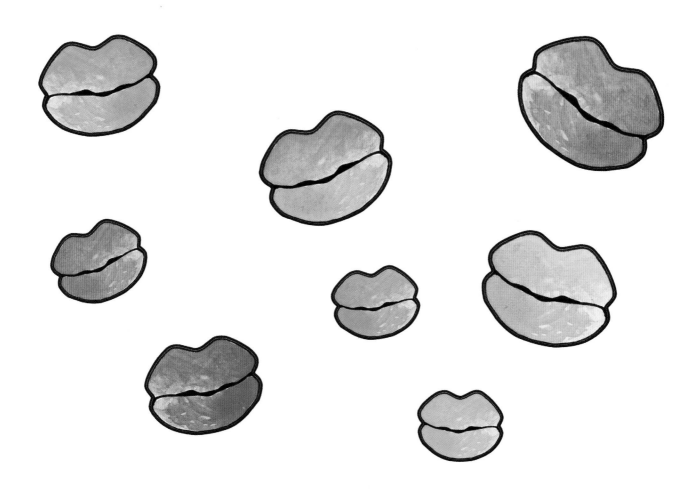

ati recomienda

La mayoría de los adultos que vivimos cerca de un niño compartimos un deseo común: que ese niño no viva nunca una situación de abuso. Para poder lograrlo debemos de propiciar que el niño adquiera habilidades para poder identificar y enfrentar cualquier situación que lo pudiera poner en riesgo.

Este cuento está enmarcado en la promoción del buen trato y educación afectiva. De esta manera, lejos de generar paranoia en la tarea de prevención del abuso, favorece la autoestima, la seguridad y el auto-cuidado.

En esta historia podemos observar cómo Ati se siente incómodo ante los besos y caricias de sus tías, en especial de Coco. Las tías utilizan diferentes estrategias que en la vida real utilizamos las personas para lograr que los niños cedan y hagan lo que esperamos de ellos. La tía Quety utiliza el chantaje "tu eres mi sobrino favorito" y hace sentir culpable a Ati de "romper su corazón"; la tía Clemen utiliza el soborno al ofrecerle dulces a cambio de un beso; la tía Coco, al igual que Draco, utiliza el enojo y la amenaza.

Estas tres estrategias son las que también utilizan las personas que abusan de los niños, se acercan con chantajes, intercambian caricias a cambio de ofrecer algo material y utilizan finalmente la amenaza para intimidarlos. A los niños les es más fácil distinguir esta última, pero es importante que puedan identificar las formas más sutiles, que sepan que las caricias se regalan, nunca se intercambian para obtener algo. También es importante reforzar que nunca rompen el corazón de un adulto o dejarán de ser amados, por decir no.

La abuela y la madre son dos adultos confiables para Ati, a quienes busca pues sabe que lo escuchan, le creen y lo ayudan. Contar con un adulto con estas características le permite al niño desarrollar las habilidades de comunicación y petición de ayuda. Es responsabilidad de los adultos, hacerles comprender a otros adultos que tienen que respetar al menor cuando se siente incómodo.

Asimismo, el cuento nos invita a romper con paradigmas sociales como:

- El adulto tiene derecho a pedirte o darte un beso o caricia aunque tú no lo desees y debes aceptarlo.
- A los adultos no se les cuestiona.
- Tienes que obedecer ciegamente a los adultos.

Si bien todos los niños deben de ser educados y saludar, deberíamos permitirles decidir cómo hacerlo y marcar la distancia que quieren tener con el adulto, con respeto, sin ser prepotentes ni groseros. La abuela de Ati le propone finalmente una manera educada y creativa para saludar sin tener que aproximarse y recibir caricias no deseadas: los besos de papel, una forma amigable de poner un alto. Es así como en esta historia Ati aprende a hacerle caso a sus sentimientos de incomodidad, a expresarlos, a pedir ayuda y decir no ante besos y caricias que no desea.

asesoría educ**ati**va y prevención

Regina Ma. Novelo Quintana

estudió la carrera de Biología Experimental en la UAM, apenas concluyó, nació su interés por trabajar en el área de educación en donde comenzó a detectar la necesidad de abordar temas de sexualidad no sólo con adolescentes sino con menores y sus padres, por lo que estudió para ser educadora sexual y educadora sexual

infantil. Confiable, respetuosa y empática espera generar espacios de reflexión que lleven a niños y adolescentes a desarrollar habilidades pare enfrentar el mundo en el que viven y transformarlo. El cuento es para ella una herramienta para lograrlo.

Elena Laguarda Ruiz

comunicóloga de origen, por la UIA, desde la carrera mostró su interés por trabajar con poblaciones vulnerables. Fue directora fundadora de la Manta de México A.C., organización en la lucha contra el Sida, que cooperaba con el esfuerzo internacional de frenar la pandemia. Como educadora sexual y educadora sexual infantil se ha dedicado a trabajar con niños y adolescentes y crear materiales educativos y narrativos con la finalidad de hacer de este país uno más justo, libre de violencia y respetuoso de la diversidad.

Ma. Fernanda Laguarda Ruiz

estudió la carrera de Psicología en la UIA,
su interés por acompañar a la familia a
cambiar sus propias dinámicas para generar
ambientes de respeto y crecimiento la
llevó a especializarse en terapia familiar
y de pareja. A la par de su camino como
terapeuta, inicia el de educadora sexual
y educadora sexual infantil, utilizando

su capacidad creativa para generar material educativo
que facilite el proceso de aprendizaje en el desarrollo de

habilidades para la prevención. Empática, cercana y sensible
se dedica a generar espacios educativos que lleven a niños y

adolescentes a transformar la realidad.

asesoría educ**ati**va y prevención, sa de cv

Asesoría educativa y prevención, asociación que dedica su esfuerzo al trabajo en sexualidad con niños, adolescentes y adultos. Ha implementado su programa en diversas instituciones educativas reconocidas a nivel nacional. Su misión es crear espacios educativos para que las personas construyan pensamientos, conductas, actitudes y habilidades que les permitan tener una sexualidad plena y saludable. También se ha interesado en la investigación de diversos temas y el diseño y creación de material educativo así como de cuentos que permitan al niño aproximarse a distintas realidades.

www.sexualidadati.com / ayudati@hotmail.com